宮里勝子＊歌集

海の見える場所

青磁社

海の見える場所＊目次

一　章

海沿いの町　11
岩国にて　15
盆踊り　20
花びらを食む　24
病篤き師　27
伊勢参り　29
ふる里　31
城　跡　34
友の逝く　36
八幡高原　40
水平線　42
雪解けの道　45
夕涼み　48

蛍狩り　52
東京スカイツリー　54
病める姉　56
佐々木英夫先生　59
品　格　62
古事記ツアー　67
三朝の湯　69
九寨溝　71
里　桜　74
ハンドル軽し　77
ハーバーライト　80
探査機かぐや　83
雲　梯　85
金木犀　88
維新の町　91

雲南省の旅 93

二章

夫の再入院 97
春のひかり 102
ふる里に 105
航大の事故 109
工場閉鎖 111
嫁ぐ娘 114
さびたの花 116
長期入院 119
初　恋 122
精霊舟 125
皮膚科 127
意識なき母 131

タイムスリップ 134
石見神楽 136
禁　煙 139
吟行会 142

三　章

精霊さん 149
正倉院展 152
子の許へ 155
グリコの株 159
オクラの花 162
花　見 165
下駄の音 170
ゴッホの自画像 172
砕氷艦「しらせ」 175

ピアノ教室　178
赤きメダカ　181
病癒えて　184
破産宣告　187
隠岐の島　190
みあかり　193
姪との別れ　196

跋文　石見の国から　池本一郎　199

あとがき　212

宮里勝子歌集

海の見える場所

一章

海沿いの町

消防署の見学に来し園児らの喚声きこゆ垣根を越えて

園児等の眼あつめて高くたかく消防梯子車空へ伸びゆく

昼ちかく浜辺の蒲鉾工場より牛蒡天の匂い風に乗り来る

いくつかは岸に片寄り川の面の万の灯ろう火の帯となる

カラフルな海の魚を描きたる防波堤続く海沿いの道

年の瀬の海難事故の海近く揚がりたる鯖目の黒く澄む

おばあちゃんの昔の遊びを教えてと独楽を持ち来る宿題として

図書館の庭木はらわれ窓の辺に師走のひかりやわらかく差す

些かの賞与振り込みの通知きぬしばらくたれにも言わずにおこう

胎内を漂うに似て水族館の白イルカ巨大な泡くぐりゆく

岩国にて

錦帯橋見下ろすホテルの箸袋に岩国小唄ぎっしり書かる

晩秋の錦帯橋を渡りゆくに澄みて流るる音の聞こえず

携帯の迷惑メール削除して見えぬ相手と戦いており

コンビニのコピー機釣り銭十円が少なく出ずるも言わずに去れり

万札を入れるや出で来る人民元両替機には言の葉いらず

目の前に捌きて見せる北京ダック飴色の皮反りて艶めく

上海の石橋水産の店先に浜田の鰈・烏賊の活きよき

使い切れず手もとに残りし人民元再びこの国訪うことありや

盆踊り

衣紋掛けに乾きゆく浴衣糊付けの匂い時おり風が伴う

盆踊りの始まる合図ひと打ちの太鼓の響き広場にとよむ

尖りたる心を持ちて出でし庭のニオイバンマツリ仄かにかおる

雨の上がり裏の畑に羽音たて五羽の鴉が胡瓜取り合う

＊

ようやくになつきし雄の野良猫の夕べ冷たき身に変わりおり

満開のツツジの道に横たわる野良猫かたく意外に重き

国道の巡回車来てそそくさと死にたる猫を持ち帰りゆく

野良猫の死にかかずらい小半日逃るる思いにシンクを磨く

古き切手あまた貼り来し姉の便り九十となりてもの減らすらし

花びらを食む

花見んと誘いくれたる友のいてスタッカートのつきたる一日

公園の日だまりに遊ぶ鹿の群れ散りし桜の花びらを食む

外つ国の人も並べる浜焼きの牡蠣売る店に吾も加わる

千畳閣のめぐりの桜散り初めて淡き花びら道をいろどる

フルートの生演奏のサプライズ四月生まれの池本さんへ

秀吉の創建したる千畳閣おおかたの絵馬文字の色褪す

病篤き師

病篤き師をおもいつつ暮れ早き夕餉の仕度に菜を刻みおり

意識なく眠り続けるのみと聞く師にまみえんと面会を乞う

後の事何も言われず歌の師は八十四年の生を終えたり

のぞき見る棺の窓の師はまこと口もとに笑みたたえておわす

屋根を打つ霙の音のしきりなり師の出棺を見送りし夜半

伊勢参り

宇治橋を渡らんとしてよろめきぬ霜の下りたる檜の板に

馬返しの言葉ゆかりの返馬餅《へんばもち》二個百四十円番茶が香る

十津川の村の鍛冶屋の作りたる握り良き柄の小鎌あがなう

晩秋の瀞峡下りの川原に焼鮎を売る人と親しむ

玉置神社に延命の飴購いて粉雪の降る境内くだる

ふる里

麦を刈り芋を植えたるふる里の段々畑杉林となる

わが生の最初の記憶妹は土間の盥に洗われていき

城跡

熊笹をかき分け登る七曲り鶯の声ときおり聞こゆ

二の丸の土留めの切石苔むしてあまた転がる山のたいらに

吾亦紅の新芽のみどりたしかめて草いきれする城山くだる

由緒ある小笠原氏一族の蟄居せし寺あじさいの咲く

友の逝く

短歌会の笑顔のままに横たわる自動車事故に逝きたり友は

衝突の瞬間いかに叫びしや逝きたる友の声のきこゆる

京土産に貰いし猿のストラップ財布に付けしが形見となりぬ

通夜おえて帰りたる部屋の明かりつけ風の音きく霜月六日

*

つまずける記憶の無きにつんのめり膝より落ちて貫く痛み

惣菜をたずさえ見舞いにきたる友この一食がとりわけ嬉し

手すりとはこれほど頼りになるものか骨折をせし身に縋りゆく

松葉杖使いこなすは易からずとナースは注意くり返したり

嫁と娘に労わられつつ回復へ贅沢な悩みと今日は思いて

八幡高原

女子大生遺棄されいしはどのあたり八幡高原の紅葉まぶし

青空を残して金色に染まりいるカラマツ林の落葉しきり

安芸の国の灌漑用水流れいし野積みの石垣今に残れり

期末試験終わりたるらしコンビニの高校生の声弾けいる

夜の更けて着きたる駅の改札に娘待ちいて片手を上げる

水平線

海の見ゆる墓地より望む水平線黄砂にかすみて隔てもあらず

仏の座よめ菜のみどり深まるをＰＭ２・５畏れつつ抜く

家具店の閉じて幾年塗り替えてリハビリ施設の完成近き

亡き夫の使いていたる手袋は剪定をするわが手になじむ

すこやかに米寿迎えし姉の炊くいかなごのくぎ煮今年も届く

ふる里の田の畔にとる蕗のとうわれは短歌に姉は味噌にす

病む兄に依頼されたる集計の帳簿にはさみあり謝礼いくばく

涙もろくなりたる君は病床に吾が手をにぎり声をつまらす

雪解けの道

お祓いを受くるおさなは神前にあゆみて小さきかしわ手をうつ

去年より少し遅れて届きたり九十の姉の炊きたるくぎ煮

いずこより咥えて来しや境内に鴉が野球の球落としゆく

日の当たる左側のみ暖かいポストへ続く雪解けの道

亡き夫の購いて来し三春駒色褪せぬまま十年を立てる

新築の契約せるを告げて来ぬ息子の行く末どこまで見んか

ふる里の野に採り来たる撫子の種の芽ぶけり誰にか告げん

無造作に脱がれし高校生のスニーカー玄関を占めて若き無造作

夕涼み

四川省の山に採り来し花の種畑に蒔きしが丈高く咲く

夏負けの予防にと貰いし韓国の玉蜀黍茶の熱きをすする

仰向けに道に転がる油蟬拾いあげたるはずみに鳴けり

幼らが夜店に掬いて来し金魚忘れられつつ一年を過ぐ

六千発の花火の果てて帰る道無口となりし人ら流るる

着信のメール読みゆく携帯電話機能の多くは使わず済ます

七歳のわれの「読み方」聞きながら竹の皮の草履あみていし祖母

海の見ゆる墓地へと続く片藪に定家かずらの白き花咲く

人麻呂が妹を思いて袖振りし高角山に鉄塔ひかる

蛍狩り

せせらぎの音を聞きつつ歩みこし沢に蛍のあまた飛び交う

暗闇にまたたく蛍の黄の色を劫初よりの光りと思いつつみる

在りし日に夫の使いいし草刈機立てかけしまま十年を経ぬ

わが町の水族館の白イルカ二頭身ごもるを弾みつつ聞く

三江線の存続願うものしかかる地元負担の額に息のむ

東京スカイツリー

雷門仲見世通りに人は混む肩車さるる孫が目じるし

隅田川を水上バスに下りつつくぐりゆく橋みな顔をもつ

若き日に勤めいし浅草界隈を観光船の窓に見つむる

隅田川を舟に下れば両岸に披露宴見ゆ遠足のみゆ

観覧車のゴンドラにうから七人の笑い声満つお台場上空

病める姉

救急車サイレンの音響かせて姉に付き添う八十キロ遠し

救急車に付き添う吾を胆石の痛みに耐えつつ姉は気遣う

発熱嘔吐腹膜炎の疑いある姉の受け入れいまだ決まらず

胆石は取り出されてキャビアめくシャーレの中に黒く光りて

入院の姉を見舞うと乗る列車出雲平野は雪に真白し

病室のベッドに座り吾を待つ姉は見慣れしカーデガン着て

佐々木英夫先生

石見焼きの甕に張りたる薄氷日の差す畑に昼なお解けず

娶らざる息子二人を伴いて妻の葬りに師はかがまれり

会葬の御礼を述ぶるマイクより震える声の時に途切れる

『赤光』全注釈』を戴きて別れの予感いだきしかの日

病める師の声は受話器の向こうよりかぼそく聞こゆ耳そばだてる

礼状は半刻おかず書きいしと遺族のことば諾いつつきく

品格

品格を問われ続けし朝青龍モンゴル人の心は売らず

伝統の統の字少し傾ける孫の書初め金賞を受く

結核に利くと持ち来し蝮の粉を病室に売りしかの人もゆく

園児等は小さき指を弾ませて手話しつつ歌う卒園近し

そら豆の形に似たる赤き靴　踏み出す足はまだ十センチ

控えめな振り込め詐欺の電話あり自信無き声に俺だと言えり

露天風呂に楓の一葉浮かびいる一一二六の日よ娘とふたり

オルゴールの曲に合わせて首を振る幼と歌う雛祭りのうた

江の川の水面に浮かぶ海猫は群れて朝のひかりを浴びぬ

四月より中学生となる汝が餅を焼きいるくびすじ細し

海の見ゆる墓地に夫と草引きし日の暑かりき今日ひとりきぬ

一時間もなんのお話ししていたの受話器おくなり孫にいわれる

笑顔よきセールスマンに亡き夫の車ようやく売らんと決むる

古事記ツアー

奥出雲の緑果てなき山蔭に山法師の花ひときわ白し

ひとときは世の外におり天が淵の大蛇棲むとう川床に立つ

須佐神社の千年杉に手を当てて限りある身の今日とおもえり

神官に鳥居のくぐり方教わりてやり直し入る須佐のひもろぎ

時の流れ止まりておりり万九千《まんくせん》の境内わたる風に吹かるる

三朝の湯

山あいの三徳川なるひとところ外湯の囲い小さく見ゆる

歌会までの刻を惜しみて見上げいる投入堂は木の間に浮かぶ

鳥を取る由来と聞けり鳥取の「さいとりさし踊り」身振り激しき

伯備線の激しき揺れに車酔いせる友は言葉なく身じろぎもせず

ラジウムは世界一とうこれの湯に歌の友どち背を流し合う

九寨溝

初秋の九寨溝を歩みゆく入場者二万人の一人となりて

高山病防ぐべく買いし酸素ボンベ・ペットボトルは常に離さず

四川省九寨溝の休憩所トイレ専用のバス止まりいる

チベットのおふくろの味山胡桃の小枝の煮物ひじきに似たり

残量を確かめるすべなき酸素ボンベ九寨溝の空港に捨つ

高原に草食むヤクは褐色の点となりゆく離陸の直後

里桜

花びらのひとつひとつは小さきに枝垂れ桜は滝となだるる

五分咲きの枝垂れ桜の裏山にチビスケホーと四十雀鳴く

炭の粉を根方に入れて蘇りし桜に古老目を細めいる

谷あいの一本桜の下蔭に石塊のみの墓石いくつ

もてなしの手打ちの蕎麦の歯ごたえよ花見の宴におかわりをする

この峡を離れし人の使いいし陶器の欠片土にまじれる

梅鉢の紋をとどめて潰えたる蔵のすき間に足継ぎひとつ

放射能に汚染されたるキャベツ残し農家自死せる記事の小さし

ハンドル軽し

助手席に置きたる蠟梅香りつつ坂下りゆくハンドル軽し

初詣で引きたる大吉見せ合いて産土の杜に笑い声満つ

雪のように真白き花豆ストーブの上に煮えゆくふっくりふっくり

軒先の干し柿の未だ乾かぬを狙いくる蜂うちわにて追う

君子蘭の葉に止まりいる蟷螂の目立たずありて幾日動かず

冬用のタイヤに交換なしくるる息子におでん温める夜ふけ

砂丘にて育まれたる長葱を置きくれし人思いめぐらす

病む兄の作りし新米届きたり今年限りと思いつつ炊く

ハーバーライト

対岸のハーバーライトの赤き灯が暗き水面に映りてゆるる

夜のふけしメリケン波止場の観覧車色とりどりの光りを回す

ニニロッソの「夜空のトランペット」ひとり聴く失いしもの戻るひととき

高速のサービスエリアの燕たち餌をねだりいる雛のかしまし

「お仕事中」のゼッケン付けて盲導犬若葉の風に吹かれつつゆく

付け替えしＬＥＤライトの保証は五年吾の場合は決めるはたれか

探査機かぐや

年越しの買い物に出で海沿いの道に車ごと飛沫をあびる

亡き夫を恋うにはあらず神棚の掃除に手間取り心疲れる

コンビニは元旦も開き注連縄をつけたる車一台も見ず

三十八年使い慣れたる小型ラジオＦＭ放送聞きつつ眠る

十三夜惜しみなく照るこの空を探査機かぐや飛び続けいる

雲梯

公園のブランコの順番待つおさな押しておしてと言わなくなりぬ

公園の雲梯身軽に移りゆくひと月ぶりに会いたるおさな

めぐみの雨とわれは思えり町内の一斉清掃濡れつつ終える

逆上りができますように笹竹の七夕飾りのおさなの文字は

紙オムツのサイズが大きくなりましたママよりメール写真を添えて

へその緒の糸遊《いとゆう》結びになりいし「莉央」生まれて間なきをしかと抱きぬ

駆けつけし息子は医師に促されふるえつつ臍の緒に鋏を入れぬ

金木犀

カタログは貰う物から買う時代トヨタ展示場のカタログ自販機

不用品を引き取る幟の立つ広場農業機械の日ごと増えゆく

初夏の店に並びいる盆提灯まだたましいの入らぬ器

独り居の友のかけくる携帯電話人の恋しと繰り返しいう

亡き夫の手ずれの残る札入れを娘は使うと持ち帰りゆく

満開の金木犀を持ち来たる友は玄関に匂いつつ立つ

兄猫が行方不明になりしよりにわかになつく弟のクロ

維新の町

維新館の書初め展に「つん」の文字幾枚かありて犬の名と知る

指宿の雲海ロード道の駅に正月用の花売りの声

篤姫のゆかりの町に子供らの薩摩訛りを聞くはおもしろ

亡き兄は何を一夜に思いしや知覧の丘の三角兵舎

面会に母と泊まりし武家屋敷知覧の町に記憶をたどる

雲南省の旅

麗江の清き流れに濯ぎものしている女をカメラが囲む

注ぎ口三尺余りの急須もて茶を入れくるる昆明の夕べ

北京五輪のメダリストたちを飾りたる花束の産地昆明に立つ

百元のチップもらいて握りいる拳のしろき給仕の少女

水洗無し紙なし戸なし麗江の旅は厠所あるのみに足る

二章

夫の再入院

運転に気を付けて帰れと夫は言うといとま告ぐるに繰り返しいう

再入院したる夫よありありと衰えたるに互みにいわず

幻覚に夫は身支度整えて家に帰ると真顔にて言う

生涯に一首のみ歌を詠みし夫乱るる文字に「孫来るを待つ」

最後まで残りいたりし聴力もすでに失せしか夫の応えず

水無月の水のごとしも酸素マスク外さん夫のすでに冷たき

亡き夫の車の中より出でし紙幣折り目の無きがひかりをかえす

小豆島へ向かうフェリーに寄りてくる鷗の白き羽根の間近き

計画は息子が立てし家族旅行逝きにし夫の鞄にありぬ

延命治療不要といいて逝きし夫同意せし日のまたよみがえる

カマキリが相撲している山の道歩みをとめて幼と見入る

六十四年夫の体を支え来し肺の線維化始まりしはいつ

春のひかり

この署名が役立てる日のありやなし九条守る会員歳ふる

うぐいすの声整いて聞こえきぬ間近に森の無きわが家に

採りたての檸檬携えひとり来し嫁は我が家に馴染みゆくらし

ふる里の山の傾りの山桜パッチワークのごとく浮き立つ

からし菜の群れ咲く川辺にかかる橋春のひかりをまといつつ渡る

暖かき日の差す部屋に新人の会員迎う卯月の歌会

ふる里に

ふる里に歌人のありき碑の薄れし文字を指もて辿る

天保五年の文字かすかなる門柱に苔むす笠木積み重ねあり

八幡宮の鳥居崩れて幾年か積み重なりて青草の中

伊能忠敬の泊まりし澤津家石垣に匠の反りの今に残れり

公園のはまなす赤く実の熟れてここだとすぐたつ夏草の中

めぐりゆく公園の合歓花盛り姉との会話優しくなれり

職を退く義弟の心はかりつつ挨拶状の手助けをする

保育所に幼あずけて再びを勤める嫁の制服眩し

登校の小学生らマスクして何かが違う行列が行く

航大の事故

夕暮れの裏の通りに飛び出しし「航大」は車にはねられし瞬

三年一組航大が輪禍に遭いしこと全校集会に児等の聞きいん

緊急外来のロビーに聞こゆる航大の声「もう無理痛いよ」生きいる証

同室の認知症患者といつしらに言葉を交わし航大癒えきぬ

自動車のタイヤに刳られし児のかかと十日目漸く肉の盛りきぬ

工場閉鎖

工場の閉鎖相次ぐわが町に九基の風車立ち上がりたり

二十五年勤めし職場の鉢植えの花に水やる退職の朝

人け無き人麻呂神社の拝殿に刈りて間のなき初藻が匂う

緋寒桜、染井吉野を見上げつつ通いたる職場解かれゆくなり

設備資金ふんだんにあると勧められし自動化ラインも鉄屑となる

パレットの腐食に傾き幾百の瓦割れたり売れざるままに

瓦生産の窯の煙の遠見ゆるこの町に嫁ぎ三十年経つ

嫁ぐ娘

子が一生を託すと決めし青年を明日は迎えん菜の花を挿す

結納の日に開かんか紅梅のあまたの蕾ふくらみてきぬ

嫁ぐ日の近き娘にそのちちは突き放すような物言いをする

子の挙式のビデオテープを幾度も巻き戻し見る秋の夜の更け

二人のみの暮らしに馴れぬ皿数の少なくなりしを夫のいわざり

さびたの花

麻の蚊帳広げてほどく縫い代より五十年前の砂がこぼるる

擬宝珠の淡き緑の葉を濡らし滝のしぶきは岩に散りいる

改めて学ぶと受験せし娘幼を置きて寮に入るとう

啄木もその名を問いき函館のさびたの花は今盛りとぞ

いつの日か共にこの地に眠るならん海見ゆる墓地に夫と草ひく

高熱の下がらぬ姑を看取る朝職場のチャイム遠くきこゆる

長期入院

退院はいつの日ならん助手席より振り返る我が家に朝の日が差す

吾の歌載りたる頁に拾いこし山葡萄の一葉はさみて眠る

面会を終えてそそくさ帰りゆく夫は今宵何を食むらん

病む者は足音にさとし面会者ナース主治医と聞き分けて待つ

病室にかそけくゆまりの音きこゆ術後は吾もかくやならんかな

中庭の桜の蕾ふくらみぬ吾の退院は春風に乗りて

病みている身を忘れおり山ふじの蔓もて籠を編めるひととき

初恋

隧道を過ぎて行き合う人も無く雪化粧せるふる里に入る

抱き持つ破魔矢の鈴は石段を下る歩みに合わせて鳴りぬ

工事場のフェンスにかかる工夫らの脱ぎしヤッケに春の日が照る

会うたびに語彙の増えゆく三歳児使い分けおり昨日今日明日

予防注射に抗い泣きし三歳児濡れし瞳に燕見ている

五歳児が初恋をせり蒲公英の綿毛のような表情をして

婚近き子を思いつつ里山に和毛ひかれる早蕨を摘む

働いて飲む酒のうまきを夫が言う生産調整の休日ふえぬ

精霊舟

亡き姑の精霊舟を担ぎゆく列に従い山門を出づ

義母が霊を送らんと立てし蠟燭の火を浜風が音たてて消す

帰りゆく姑の乗りたる精霊舟沖の瀬を越え小さくなりゆく

精霊舟送りしのちは口きかず振り返らずと姑の言いいし

病む姑の看取り続ける姉を連れりんご農園にひととき遊ぶ

皮膚科

石見の国に皮膚科のありと名にしおう屋敷解かれて平たくなれり

輪島塗の什器の箱書き黒ぐろと庭に重なりてあり絶えたる家の

運べるは北前船か能登輪島宮野茂平の版刷りの文字

この村に醫院ありしを知る人の数うるほどに半世紀過ぐ

金色の蝶描かれし吸い物椀カルテ用紙に包まれて出づ

抗がん剤の治療受けいる姉よりのメールさわやか絵文字も混じる

外泊の姉を見舞いて別るるに涙なかりき心おなじか

年の瀬の窓洗わんと放水するホースの先に片虹の立つ

いつの日か負担とならん母吾を娘が誘う草間彌生展

意識なき母

意識なき母と思うに腰ひもをほどかんとしてまさぐりており

薔薇の花の香りを問うに応えなき母看とりいる一夜は長し

鎮静剤打たれし母の寝入りたり動かざる手を握りしめいる

ぬくもりの未だ残れる口の中逝きにし母の義歯をおさめぬ

亡き母を恋いつつ吾は水道の蛇口を固く締め直したり

母の遺品焼かんと寄せしガラクタのひとつを猫がくわえてゆけり

タイムスリップ

受話器より聞こゆる訛りに覚えあり担任されしは五十年前

八十歳の恩師にわれら十名は一年生にタイムスリップ

ほか弁を今夜もひとり食みていん単身赴任のシャイな武ちゃん

味噌汁は俺に任せてよ職人の正明さんが厨に立てり

見えぬ目を正面に向け級友とフラッシュ浴びる学さん強き

石見神楽

夜神楽の果てて車に衣装積む舞い子ら普段の男となりて

リハビリに使わるる日のありやなし友の義足は未だあたらし

秋祭り近づく町の路地の奥洗われし障子が日に乾きいる

Uターンなして間のなき娘の家の明かりもれくる窓を見てすぐ

営業の途中に買いし無花果を言葉少なに子は置きゆけり

吾の歌前号歌評に取られたる黒瀬珂瀾氏ネットに探す

古書店の本より出でしクローバー幾年経しや白く乾ける

禁煙

パトカーに制止せられしトラックのライトが夜更け障子を照らす

不眠症となりて幾年レンドルミンを今宵も飲みて眠りに入らん

餅焼くと火鉢に炭を熾すとき遠き炬燵の匂い甦る

禁煙の他に薬のなきを言い医師はイラスト描き諭せり

硝子戸を友はひたすら拭いおり無人の駅に近き會津屋

金物屋・仕立て屋・本屋賑わいし商店街は今は更地に

余命より一年を過ぐ病む兄が包丁を研ぐ力をもてり

吟行会

人麻呂の使いたる井戸千年の時を隔てて新緑の中

人麻呂が妹と過ごせし恵良の里発電風車音なくまわる

人麻呂の歌碑めぐりゆく吟行会クロモジの木の果実たしかむ

公園の茂みに咲ける笹百合の一本のみが視線あつむる

久びさの吟行会は五月晴れ百歳となる友も来たれり

古代ハスあまた咲きいる公園の池の一本すでに実を持つ

大賀ハス咲ききわまるを写さんとカメラ向けるも風にし揺るる

伯耆路の枡水高原の朝寒く水木の花のひときわ白し

王陵の丘より見ゆる島根半島青くかすみてたたなわりおり

弥生人の平均寿命は三十二歳年寄りとよぶ人のありしや

弥生人と同じ目線にみはるかす妻木晩田遺跡に風わたりゆく

三章

精霊さん

精霊を送らんと来し朝の浜寄せては返す波の音のみ

精霊舟送るうからの若手なく漁船に恃み曳航されゆく

踏み石にオハグロトンボが羽たたむ盆に帰りし魂かと見つむ

裏畑に色よく熟れたるトマトなり娘も嫁も間に合ってます

完成に至らず川にそびえ立つ広浜《こうひん》線の橋脚仰ぐ

未成線となるも残れるアーチ橋半世紀経てマニアの集う

正倉院展

鑑真も聞きけん琵琶の楽の音を聴きつつ見入る国宝の琵琶

聖武天皇遺愛のひとつ七条褐色紬袈裟は地味な色合い

俊成の碑　定家の塚の並びいる森に匂えるぎんなん拾う

長谷寺の門前町に売られいる素麺の木箱に夕闇せまる

長谷寺の石段険し仁王門と本堂結ぶを数えつつ上る

千年前を昨日のように語りいる平等院の若きガイドは

宇治川の流れ木の間に光りつつ見え隠れする「あじろぎの道」

子の許へ

独り居となりて幾年子の許へ行くを決めたる姉を思いぬ

子の許へ引っ越す姉のいさぎよし家財什器のおおかたは捨つ

ふるさとを遠く離れていく姉よ箸と茶碗の他はいらぬも

子の許へ行くと決めしはいつならん東京便のタラップのぼる

＊

丸餅にのせたる新海苔削り節仄かにかおる石見の雑煮

丸き膳を隙間なく囲むうからからの餅の数とる母いきいきと

凧揚げを孫に誘われ引く糸にぐいぐい風の伝わりて来ぬ

母と共に植えたる柚子の木鈴なりの空をかすめてオスプレイ飛ぶ

付き添いて診察室に入り来る盲導犬はいずまいただす

グリコの株

農業にひと世すごしし父母の残せる株券半世紀たつ

亡き父の名義の株を処分して売りたる「グリコ」値上がりつづく

病む兄が父の残せる株を売り大事に使えと言いて呉れたり

喜びも悲しみも常に分け合いて遺産を貰う八分の一

亡き父のよわいを越えて病む兄が雪掻きせんと庭に出ずるも

父親の五十回忌の法要の案内状刷る法名も添えて

指先の震える兄を扶けんとATMのコーナーに入る

オクラの花

島根半島の入江いりえに赤瓦の家並が雲の間より見ゆ

療養所に共に過しし日のありきお悔み欄に友の名がのる

里芋の喜ぶ顔の見ゆるごと広き葉を打つ雨音を聞く

旱天に白く乾ける砂畑にオクラの花は日ごと咲きつぐ

研修の仕上げに作るホームページ短歌会員求むと書かん

備北公園の百万本のコスモスに会わんと来たり濡れつつ巡る

休憩を惜しみ研ぎたる鎌の刃はサクサクと茅を軽く切りゆく

花見

思いがけず嫁に貰いたる旅行券一泊なれば花見にゆかん

たなぐもる打吹山の公園の幼き猿に花散りかかる

蘇る弥生の風か妻木晩田の遺跡の丘に夫と佇む

見学はわれら夫婦の他になし芝生を打ちて春の雨ふる

法力は科学に勝る国宝の投入堂は岩場に立てり

ときかけておさなの組みたるロボットは直立不動をいまだ解かれず

点滴のスタンド引きて試歩しいる元兵の兄かけ声ほそし

電話のベル鳴るに廊下を駆けゆける姉の気性は亡き母に似る

家一軒こわされて駐車場広くなり夕づく町に風花の飛ぶ

目隠しをされて座れる三邦人銃口くらく肩越しにひかる

台風に倒れし庭のローズマリー起こさんとして香り広がる

歯の治療終えて処置室出できたる幼は吾の手を握りしむ

下駄の音

冗談を言いつつギブス巻きくるる老いたる医師の手もとあざやか

うかららに照り焼きチキン取り分ける息子の指の太きに見入る

湯の宿の炬燵に暫しまどろめりおりおり下駄の音通りゆく

練炭に暖まる部屋を出でんとし吾の意識の混濁しゆく

吐き気目まい手足の弛緩おそいくるCO中毒を厠に耐えぬ

ゴッホの自画像

雷の鳴れば梅雨明けとおそわりて幾たび聞くも夏はまだ来ず

虫かごより放ちてやりし鈴虫か雨の止みたる庭よりきこゆ

冷蔵庫にひとつ残りて手作りの梅酒ゼリーは夏の味なり

こまやかさと粗きタッチの自画像のゴッホの瞳に吸いこまれゆく

従業員募集のチラシ折りこまれ関わりなきも時給たしかむ

紫蘇の実を摘まんと出でたる裏畑の夕闇に蚊のまつわりてきぬ

碎氷艦「しらせ」

寄港せし砕氷艦「しらせ」隊員の橙色の帽子あざやか

丸刈りの凛々しきヘリの操縦士国防色の制服あたらし

観測隊の持ち帰りたる南極の氷解けゆく音をたしかむ

試乗せる「しらせ」の船内巡りゆくに昼の仕度か厨房より匂う

甲板に帽子Tシャツコースター並べ商う隊員若し

乗組員一七五名の砕氷艦「しらせ」を動くビルかと仰ぐ

ピアノ教室

西側の窓に夕日の当たりいるピアノ教室幼と入りぬ

教室のエレクトーンを取りあえる五人の児らは今をたたかう

幼児科のピアノ教室に付き添える六十分間息の張り詰む

高齢のわが家のポストに求人のチラシ入れたる人をおもいぬ

スーパーの先着二十名に貰いたる鈴虫一匹かぼそく鳴けり

十年余手に馴染みたる電子辞書壊れてなおも捨てがたくあり

赤きメダカ

睡蓮も浮草も枯れ水がめの赤き目高は何に隠れん

拾いこし仔猫は夕べおのが影にひととき遊び疲れて眠る

一年に一度回してやる独楽は床に音なく回り続ける

回覧板に巫女の募集のチラシあり残り幾日となりしこの年

この年の心を色に例うるに桃色という再就職せる夫

何鳥の喰い残せるや川近き職場の庭にズガニ散らかる

病癒えて

いつ辞めよといわれるならん病癒えて出でし職場に心疲るる

プライドを持たざる吾とプライドを捨てたる吾の争い止まぬ

長病みの後の給与をＡＴＭにて新入社員の心地に引き出す

傷跡の癒えきていよいよ癒えがたき心の傷をもてあましいる

なまこ壁に沿いて流るる堀川の岸に並びて咲く花菖蒲

眠剤を飲みて一日の終わりとす薬に頼る日いつまで続く

病癒えて出でし職場の吾の机新しくなりて椅子も馴染まず

破産宣告

破産宣告受くるや忽ち機能せぬ公衆電話自動販売機

たたまれし店舗の壁に売り出しのキリンラガーの幟はためく

商店主自死のニュースは間をおかず人から人へ町かけめぐる

残されし九十の母の行く末のその後は聞かず閉店となる

退院の吾を喜びくれし日の店主の声に憂いなかりき

水無月の雨上がりたり葬送の生花いく本貰いて帰る

隠岐の島

憧れて幾年をへぬ歌の友待ちくるる隠岐へ今日は渡らん

遭難の危惧などないがカウンターの乗船名簿に吾が名を記す

摩天崖のきわみに立ちて振り返る草丘に牛は草を食みおり

海を見ることにもたらい島めぐりの車内はいつしか合唱となる

見の限りマリンブルーの拡がりて空と海との隔たりもなし

透きとおる小鳥の声に目覚めたりまどろみにつつ次の声まつ

みあかり

五重相伝終えて下山す駐車場にあげひばりの声しきりにきこゆ

み明かりの灯れる寺の石段を今宵は君の通夜へとのぼる

締切を守らぬ吾に出詠を促す声のおだやかなりき

障子越しに漏るる灯りに影絵なし君のつくりし干し柿の垂る

柿の木の下にて果てし君と聞く黙とうをして歌会はじまる

収穫のなされぬままに空梅雨の畠乾きて南瓜ころがる

姪との別れ

在りし日の汝の歌声しみじみとこころに沁みる刈干切唄

見守られつつ汝の柩は紫陽花の淡く色づく庭を出でゆく

残されし二人の幼上の子が母の遺影を抱きて歩む

葬り終え乗りし夜汽車に現身を吾は横たう涙垂りつつ

飼育箱の鈴虫分けんと触るる手に白き触角を振りてのがるる

宍道湖の夕日を見んと立つ渚秋天低く波打ち返す

跋文　石見の国から

池本一郎

鴨山の岩根《いはね》し枕《ま》ける吾《あれ》をかも知らにと妹《いも》が待ちつつあるらむ

柿本人麻呂　万葉・2・223

鴨山の岩を枕にして（死にそうな）私のことを知らないで妻は待ち続けているだろうか——よく知られたこの歌は、題詞に石見の国（島根県）で死に臨んで自ら傷みて作った歌とある。悲傷きわまりない歌だが、荘重な調べに魅了されるものがあり、感動をともなって記憶される。鴨山とはどこなのだろうか。

宮里勝子さんは石見国（江津市）——私も同じ山陰の伯耆国——に居住している。かつて政府高官が当地は日本のチベットだと発言して非難を浴びたが、そのとおり確かに交通も大変で私も容易に行けないままであった。

島根県西部の石見は、東部の出雲（松江市など）とまた違った景観やスポットに富む。私は前々から特に三点——万葉の人麻呂、中国一の江の川、JR三江線——を実地に見聞するチャンスを待ち望んでいた。今回『海の見える場所』をきっかけに、著者の風土を訪れてみようと思いたち、石見国訪問が実現した。中秋の好天、未知の風物に数多く接したし、よく歩いたし、ノドグロがうまかったし、特急に猪が体当たりしたし、細胞に延命を感じるような二日間であった。

特急で日本海の延々と長い海岸線を西へ走って約二時間半。大河（一見して江の川！）をこえるとJR江津駅。反対ホームが三江線の始発点で、一両車が待機している。あわててとび乗った。

江の川の水面に浮かぶ海猫は群れて朝のひかりを浴びぬ
三江線の存続願うものしかかる地元負担の額に息のむ

本歌集の前半に、この二首の歌がある。

江の川は、広島県の中国山地に発し、上流は可愛川《えの》（江ノ川）といい、三次盆地で馬洗川などが集まって江の川となり、江津市で日本海に注ぐ。全長一九四㎞の中国地方最大の河川である。かっては山陰と山陽を結ぶ要路で、要所に河港が栄え、石見銀山の輸送路でもあったという。

私は広島への車の往復で、馬洗川とかその上流はよく見ていたが、広大な下流や河口は今回初めてのこと、はるかに想像を越える感動を受けた。河川に対して特別な愛着のある私は、岡山の旭川や吉井川なども好んで何度も見るのだが、江の川はさすがにそれ以上の迫力であって、まことにうれしい。

海猫は出雲の経島《ふみしま》が著名な繁殖地だが、この辺りの河口近くの川面にはよく屯している。江の川の歌はこの一首だけですねというと、毎日見ているから特に歌にしないですよと著者は笑う。もったいないが、それもそうかもなあ。

三江線は大河に沿うように江津―三次間一〇八㎞を繫ぐ。その存続はここ数年の大きな懸案で、新聞などで何度も報道されている。不採算のローカル線は三十年も昔に多くが廃止されているが、三江線は何とか生き残ってきた。鉄道マニアの間ではそれなりに知名度はあるらしいのだが、ついに存続が不可能になった。

厖大な「のしかかる地元負担」は耐えがたく「息のむ」のみである。沿線六市町の期成同盟会とJRで検討を重ね、十八年四月に廃止と決定された。大きな現実に直面している地方（過疎化が甚だしい）を象徴する一首である。最近もJR北海道は全路線の半分が単独維持困難と公表している。ある新聞の見出しは「打つ手がない」。

私がとび乗った一両車は、意外や意外、ほぼ満席状態で、私も立った。すると すぐ男性女性が続けて立ち上がり、席を譲ると仰しゃる。相当年配の人なので丁重にお断りをした。近隣の障害者施設の入所者と職員の六十五名の団体という。職員のお話では体験乗車の意味もあるが、今日は大掃除日で居場所を求めての外出とか。結局三十分立って私は川戸駅で下車した。何とホームを歩く私に車中の大勢の人が手を振ってくださり、映画の一シーンみたいな初の体験であった。

川戸駅で宮里さんに迎えられ、山間の立派な今井美術館に案内される。ちょうど棟方志功の特別展で、回顧ビデオも含め、こんなに鑑賞できたのは初めて。わだばゴッホになる——故郷青森の荒涼たる厳冬の景が鮮烈だった。

人麻呂が妹を思いて袖振りし高角山に鉄塔ひかる

川戸から大河ぞいに宮里車はくだる。人麻呂の渡しを見たりして、江津にもどって高角山に登る。「妹」とは依羅娘子《よさみのおとめ》である。高角山からは川や町や海が一望できるが、その中腹の高角山公園には、万葉の碑と人麻呂夫妻の高い立像が向き合っている。

石見のや高角山の木の間より我が振る袖を妹見つらむか

万葉3・132

な思ひと君は言へども逢はむ時いつと知りてか我が恋ひざらむ

万葉3・140

前者、袖振るは別れを惜しむ動作（妻は見たであろうか）。後者、別れる妻の歌（今度いつ逢えるかわかっていたらこんなにまでも恋しく思いません）。

山を降りて、人麻呂神社へ寄る。歌集には「人け無き人麻呂神社の拝殿に刈りて間のなき初藻が匂う」とある。歌集を繰ってゆくと「吟行会」という一連があり、そこには

人麻呂の使いたる井戸千年の時を隔てて新緑の中

人麻呂が妹と過ごせし恵良の里発電風車音なくまわる

といった人麻呂に寄せる歌がある。恵良の里とは依羅娘子の出生地だという。このように人麻呂にちなむ故地は多いが、歌集には人麻呂の歌はこのくらいである。

冒頭の鴨山については諸説あるが、斎藤茂吉の湯抱説、梅原猛の海に没した島とする刑死説が著名である。翌日、益田市へ行って豪壮な柿本神社に参拝し、海岸に立つ「人麻呂終焉の地・鴨島展望台」の石碑の辺りで、しばらく人麻呂を思いつつ秋のうら寂しい日本海を眺めた。悲痛なロマンが一キロ沖合いに秘められているのだろうか。

さて江の川、三江線、人麻呂といった顕著なポイントに焦点をあてて本集を私的に読んできたが、本来の読みの核心はむろん海の見える場所——家族や生活、町や丘——にあるのである。「私の歌の素材には家族が多い」とあとがきにあるように、ほとんどの歌集と同様に、それは一読してそのとおりである。ただ「かといって家族に依存しているわけではない。自分でもよくわからないのが本当である」と書く著者に私は少なからず驚く。家族詠をあげる。

露天風呂に楓の一葉浮かびいる一一二六の日よ娘とふたり
駆けつけし息子は医師に促されふるえつつ臍の緒に鋏を入れぬ
亡き兄は何を一夜に思いしや知覧の丘の三角兵舎
ふるさとを遠く離れていく姉よ箸と茶碗の他はいらぬも
わが生の最初の記憶妹は土間の盥に洗われていき
オルゴールの曲に合わせて首を振る幼と歌う雛祭りのうた
丸き膳を隙間なく囲むうからの餅の数とる母いきいきと

ごく一部だが、なかなかいいと思う。家族構成や推移は分からないけれど、情愛に傾かず中庸を得た確かな作品である。一、二首の娘、息子の歌は、最も身近な心丈夫な身内を歌っている。お二人にお会いして、とても好感のもてる立派な方とお見受けした。知覧の兄の歌。地面に半分埋めこまれた三角兵舎は私も見たし、「月光の夏」などでも感涙を催した。高齢の姉は東京便で子の許へとふるさとを遠く離れていく。盥で洗われる人生最初の記憶の妹。成長する孫たち。著者三十五年の短歌歴の後半十七年分を本集におさめたそうであるが、石見の雑煮に登場して餅の数とるこの母はとても印象に残る。

どの家族詠も緊密な紐帯を思うのだが、「家族に依存しているわけではない」には大いに注目するのである。思うに家族といえど不即不離の個々人を大切にするリレーションが肝要というのだろう。「嫁ぐ日の近き娘にそのちちは突き放すような物言いをする」などにその一端をうかがうことができる。

さて夫の歌はやはり家族詠の頂点といっていい。

亡き夫の購いて来し三春駒色褪せぬまま十年を立てる
運転に気を付けて帰れと夫は言ういとま告ぐるに繰り返しいう
最後まで残りいたりし聴力もすでに失せしか夫の応えず
亡き夫の車の中より出でし紙幣折り目の無きがひかりをかえす
延命治療不要といいて逝きし夫同意せし日のまたよみがえる

いつの日か共にこの地に眠るならん海見ゆる墓地に夫と草ひく

秀れた歌である。が、ページ順ではない生死の逆転があって読者は混乱する。あとがきに「逆年順に作品を配列し、現在から過去を振り返る形で編むこととした」と書く。異例のことではあるが…。

私はそこに、期せずして予想外の効果が生じていると不思議に感じた。先に亡き夫の歌が出て、その後で夫の死が緊迫して描かれ、そしてまた発言や行為が歌われる。助言（運転）や行動（草引き）が現在の著者に生きて働きかけるのだ。しかも言葉や動作はもう変わらないから永遠の形で「今とここ」に生き続ける。死んでないから生き生きと。少なくとも夫の死と生については、そんなリアルタイムの実感が独特の雰囲気を一巻に生み出しているといえる。

園児等の眼あつめて高くたかく消防梯子車空へ伸びゆく
昼ちかく浜辺の蒲鉾工場より牛蒡天の匂い風に乗り来る
島根半島の入江いりえに赤瓦の家並が雲の間より見ゆ

さて海沿いの町の景。特産の石州瓦の赤い屋根がつらなる。瓦生産の窯の煙の見えた町だが、時は移って工場の閉鎖が相次ぎ、二十五年勤めた著者も退職してゆく。

閉鎖せし元の職場の毀たれて一万坪の平らとなれり
元職場の解かれし平らに二千KWのソーラーパネル光りを返す

海の見える丘の上の、これが現状である。一万坪にソーラーパネル八千枚、その周辺も含めるとその倍の規模だという。パネルの光る宏大な景観を一望しつつ、世の変転を宮里さんはどんな思いで見ているのだろう。なお右の歌は、一昨年の日本歌人クラブ全国大会で会長賞を授与され、多くの喝采を博したことは記憶に新しい。

この丘は「海の見ゆる墓地より望む水平線黄砂にかすみて隔てもあらず」と歌われ、二人で草をひいた墓処には今は夫が十年の眠りに安んじておいでなのである。

社会詠、内外の旅行詠も見どころが多いけれど、もう最後に日常身辺の平明な秀作を数首あげておこう。

仰向けに道に転がる油蟬拾いあげたるはずみに鳴けり
軒先の干し柿の未だ乾かぬを狙いくる蜂うちわにて追う
「お仕事中」のゼッケン付けて盲導犬若葉の風に吹かれつつゆく
遭難の危惧などないがカウンターの乗船名簿に吾が名を記す
飼育箱の鈴虫分けんと触るる手に白き触角を振りてのがるる

二〇一六年十一月二十三日

あとがき

私の短歌への出発は、まことにかんたんなことであった。ある日職場に保険のセールスの女性が来られ、保険加入と短歌会加入を同時に約束したのが三十五年前のことだった。それがきっかけとなり中部短歌会に入会したが、結社の事など何もわからず仕事や子育てを優先し、欠詠も多々あった。また今は亡き夫が短歌など、といった具合で引け目に感じながらこっそりと続けていた。本当に理解してくれたのは「いつの日か共にこの地に眠るならん海見ゆる墓地に夫と草ひく」の一首を詠んだ時期だろう。短歌の良さをやっと理解してくれたと感じた。

本集はいろいろと考えた結果、逆年順に作品を配列し、現在から過去を振り返る形で編むこととしたのである。私の短歌歴の後半の十七年分をおさめているが、過去を振り返りつつ作ったものもあるので、読者は戸惑われるかもしれない。

漸く歌会に馴れたころ、あなたの短歌は良くも悪くもなく普通であると歌友よりずばり言われた。当時は良い歌を作る為ではなく自分の思いを表現したいのが正直な気持だった。元来口下手で内向的な性格であり、喜びや悲しみを三十一文字で表すことの出来る短歌が最適だったのである。

私の歌の素材には家族が多い。この集を編むにあたり改めて感じているが、かといって家族に依存しているわけではない。自分でもよくわからないのが本当である。

古希を過ぎた去年の夏に息子夫婦が歌集を出したらと声をかけてくれ、無関心では無かったのかと内心うれしかった。その日をきっかけに思いもかけず歌集をまとめることを思い立った。未熟な私が今日まで続けてこられたのは、入会以来ご指導頂いた今は亡き西本哲三氏、河上吉清氏、加藤嘉昭氏、佐々木英夫氏などの各先生や長年お世話になっている中部短歌会のおかげである。また「江津短歌会」や「輪」の会の皆様との短歌会におけるふれあいや励ましは人生における学びの場ともなった。表紙の絵は、小さい頃から暇さえあればイラストを描いていた娘の手に依る。親子ほど年の離れた恵美姉の援助も大きな力となった。高齢の姉に一日も早く届けたい思いでいっぱいである。

　歌集名「海の見える場所」は小高い丘の上の町を見下ろす場所にあり、日々を暮らす町の向こうには石見の海が広がっている。そして海の見える場所は先祖や家族が眠る場所でもあり、かつて勤めた職場にも続いている。元職場の跡地は今広大なソーラーパネルが広がっている。

　島根県は陸の孤島と言われるほど陸路や空路の不便さはいうまでもなく、東京から全国一遠いと揶揄されている。その島根に住む一人としてこの歌集を上梓することが叶ったのは、様々な方より言葉に尽くせない程の力を頂いたことにほかならず、感謝に耐えない。とりわけ池本一郎様にはお忙しいなか選歌の労を取って頂き、その上跋文までたまわり身に余ることである。出版に際しては青磁社の永田淳氏に一切をお願いした。合わせて心から感謝の意を捧げたい。

平成二十八年水無月

宮里　勝子

歌集　海の見える場所

初版発行日　二〇一七年一月二十一日
著　者　宮里勝子
江津市都野津町二三七九―一一（〒六九五―〇〇二一）
定　価　二五〇〇円
発行者　永田　淳
発行所　青磁社
京都市北区上賀茂豊田町四〇―一（〒六〇三―八〇四五）
電話　〇七五―七〇五―二八三八
振替　〇〇九四〇―二―一二四二二四
http://www3.osk.3web.ne.jp/~seijisya/
装　幀　浜田佐智子
表紙装画　石川真澄
印刷・製本　創栄図書印刷

ISBN978-4-86198-362-7 C0092 ¥2500E